Akcja książek rozgrywa się
w małym szwedzkim
miasteczku Valleby i jego okolicach.

Główni bohaterowie, Lasse i Maja, chodzą do tej samej klasy
i wspólnie prowadzą
małe biuro detektywistyczne.

Biuro Detektywistyczne Lassego i Mai:

Lasse

Maja

Tajemnica diamentów, Tajemnica hotelu,
Tajemnica cyrku, Tajemnica kawiarni,
Tajemnica mumii, Tajemnica kina,
Tajemnica pociągu, Tajemnica gazety,
Tajemnica szkoły, Tajemnica złota,
Tajemnica zwierząt, Tajemnica meczu,
Tajemnica szafranu, Tajemnica biblioteki,
Tajemnica miłości, Tajemnica kempingu,
Tajemnica galopu, Tajemnica szpitala, Tajemnica pływalni,
Tajemnica urodzin, Tajemnica wyścigu, Tajemnica pożarów

oraz:

Brązowa księga. Detektywistyczne łamigłówki Lassego i Mai,
Srebrna księga. Detektywistyczne łamigłówki Lassego i Mai,
Złota księga. Detektywistyczne łamigłówki Lassego i Mai,
Pamiętnik detektywa

w przygotowaniu:

Tajemnica więzienia

Wydawnictwo Zakamarki
ul. Romana Maya 1, 61-371 Poznań

www.zakamarki.pl

Tytuł oryginału: *Cafémysteriet*

First published in 2003 by Bonnier Carlsen Bokförlag, Stockholm, Sweden
Published in the Polish language by arrangement with
Bonnier Group Agency, Stockholm, Sweden

Redakcja: Katarzyna Skalska
Korekta: Donata Wojtkowiak

Poznań 2016
Wydanie pierwsze, nakład jedenasty
Druk: Edica
ISBN 978-83-60963-60-9

Biuro Detektywistyczne
Lassego i Mai

Tajemnica kawiarni

Martin Widmark
Helena Willis

przełożyła ze szwedzkiego
Barbara Gawryluk

ZAKAMARKI

UL. MUZEALNA
Muzeum
M
SZKOŁA
KIOSK
UL. KOŚCIELNA
Poczta
Poczta
ZŁOTO
HOT DOG
N
W
E
S
BIURO
LASSEGO I MAI

Mapa Valleby
PORT
Gazeta valleby
BIBLIO-TEKA
RYNEK
Hotel
KINO RIO

Osoby:

Lasse Maja

Marcel
Epan

Dino
Panini

Ulla
Bernard

Sara
Bernard

Rozdział 1

Fotografie i andruty

Mmm! Ciastka! – mówi Maja.

– Placki i drożdżówki! Pycha – oblizuje się Lasse.

– I pomyśleć, że wydarzyły się tutaj takie okropne rzeczy – dodaje Maja. – Trudno uwierzyć, kiedy widzi się te wszystkie pyszności na wystawie. Wejdźmy na ciastko. Może uda nam się czegoś dowiedzieć.

– Poczekaj chwilę – mówi Lasse. – Tylko zrobię zdjęcie.

Lasse i Maja kupili nowy aparat cyfrowy dla swojego biura detektywistycznego i teraz Lasse fotografuje

CAFÉ Marcepan
TORT TRUSKAWKOWY
ANDRUTY
KARDA-MONKI
MUFINKI JAGODOWE
KULKI CZEKOLA-DOWE
5

wszystko i wszystkich. Robi parę kroków w tył i wyjmuje aparat.

Maja staje przed wystawą, żeby też się znaleźć na fotografii.

– Musisz być zawsze na każdym zdjęciu? – śmieje się Lasse. – Wszędzie się wciśniesz! Ja chcę sfotografować tort truskawkowy, andruty i kardamonki.

Lasse robi kilka zdjęć, mimo że Maja dalej stoi i bawi się w fotomodelkę. Potem wchodzą do Café Marcepan, najlepszej kawiarni w Valleby, która znajduje się na ulicy Kościelnej, obok sklepu jubilerskiego Muhammeda Karata.

Lasse zamawia torcik marcepanowy, a Maja kulkę czekoladową. Płacą w kasie młodej dziewczynie, bardzo cichej i chyba smutnej. Lasse i Maja widzą, że płakała.

Rozglądają się po lokalu i szukają stolika. Nagle słyszą, że ktoś ich woła:

– Serwus, moi mali asystenci! Zapraszam tu, do mnie!

To komisarz policji w Valleby macha do nich od stolika.

Lasse i Maja podchodzą do niego i się przysiadają.

– Oj, dzieje się tutaj, dzieje! – mówi komisarz z ustami pełnymi ciastka z bitą śmietaną.

Lasse natychmiast wyjmuje aparat. Zobaczył coś na twarzy komisarza i chce to uwiecznić na fotografii.

Maja od razu widzi, o co mu chodzi. Spogląda surowo na Lassego, pochyla się i wyciera z nosa komisarza śmietanę.

– Dziękuję – mówi komisarz i opowiada dalej. – Złodziej był tutaj zaledwie godzinę temu.

– Co? Znowu?! – woła Lasse.

Czytali z Mają w „Gazecie Valleby",

że Café Marcepan została w tym roku
obrabowana już dwa razy.

– Aaa, to dlatego dziewczyna przy kasie jest taka smutna? – domyśla się Maja.

– Tak, mała Sara Bernard jest w szoku. Biedactwo! To ona została zmuszona do oddania pieniędzy złodziejowi – wyjaśnia komisarz.

– Czy złodziej dużo ukradł? – pyta Lasse.

– To jest właśnie dziwne. W momencie każdego napadu w kasie było bardzo dużo gotówki. Za pierwszym razem akurat

planowano kupić nowy ekspres do kawy. Za drugim była właśnie pora płacenia czynszu. A wczoraj przed kawiarnią zatrzymał się autobus. Wysiadła z niego cała drużyna piłki ręcznej. Kawiarnia wyprzedała wszystkie ciastka, torty i drożdżówki i dlatego kasa była pełna pieniędzy również tym razem. W ten sposób złodziej mógł ukraść naprawdę spore sumy.

– Bardzo dziwne – mówi Lasse.

– Czy złodziej ma po prostu szczęście, czy też wie, że w kasie jest dużo pieniędzy? – zastanawia się Maja.

– No właśnie, moi zdolni detektywi. To ważne pytanie. Zaczynam podejrzewać, że ktoś dostarcza mu informacji. Ktoś, kto mówi złodziejowi, kiedy ten ma okraść kawiarnię!

– Ten? – pyta Maja. – Czy wiemy na pewno, że to mężczyzna?

– Nigdy nie można być pewnym – mówi komisarz – ale jak dotąd nie słyszałem, żeby takich napadów dokonywała kobieta.

– Kto może dostarczać informacji rabusiowi? – zastanawia się Lasse.

Komisarz przez dłuższą chwilę nic nie mówi. Starannie oblizuje usta i w końcu się odzywa:

– Złodziej nie może mieć szczęścia trzy razy z rzędu. On dokładnie wie, kiedy uderzyć. Kto może mu przekazywać informacje, których potrzebuje? Co Biuro Detektywistyczne Lassego i Mai sądzi o tej sprawie?

Lasse ścisza głos do szeptu.

– Prawdopodobnie ktoś, kto tu pracuje.

– Dlaczego tak uważasz? – pyta Maja cicho.

– Ktoś spoza kawiarni pewnie mógłby dowiedzieć się o planach zakupu ekspresu do kawy – odpowiada Lasse. – Ta sama osoba mogłaby też wiedzieć o terminie zapłaty czynszu. Ale nikt spoza tego lokalu nie mógł wiedzieć po pierwsze, że zatrzyma się tu cała drużyna piłki ręcznej, a po drugie, że będzie tak głodna.

Komisarz kiwa głową, słuchając Lassego. Maja uśmiecha się. Wie, że ich małe biuro detektywistyczne właśnie zostało zaangażowane do nowego śledztwa.

Rozdział 2

Komisarz policji rumieni się

Najpierw myślałem – wyjaśnia komisarz policji – że któryś z pracowników dzwonił do złodzieja. To byłoby najprostsze rozwiązanie. Ale nikt z zatrudnionych nie widział, żeby ktoś telefonował w czasie pracy. Zanim przyszliście, przesłuchałem całą trójkę. Myślałem, że będą dość nieśmiali, ale było akurat odwrotnie. Mówili jedno przez drugie, prawdopodobnie po to, żebym nie podejrzewał żadnego z nich. W ten sposób dużo się dowiedziałem o zatrudnionych tu osobach.

– I nikt z pracowników nie wychodził z kawiarni w ciągu dnia? – pyta Maja.

Komisarz uśmiecha się, bo już wie, co Maja ma na myśli:

– Myślisz o starym triku Świętego Mikołaja? – śmieje się. – Ktoś idzie tylko po gazetę, a potem przychodzi przebrany i zamaskowany? Nie, nikt nie opuszczał lokalu.

Lasse i Maja rozglądają się po Café Marcepan. A więc ktoś tutaj najprawdopodobniej współpracuje z rabusiem!

Lasse i Maja rozpoznają kobietę stojącą przy oknie wystawowym. To Ulla Bernard.

– Fantastyczna cukierniczka! – wzdycha komisarz. – To ona piecze te wszystkie pyszności. Podobno chce się przeprowadzić do większego miasta i otworzyć własną cukiernię, ale na to potrzeba pieniędzy, dużo pieniędzy.

– Ma takie samo nazwisko jak dziewczyna przy kasie – mówi Maja.

– Ulla Bernard jest mamą Sary, kasjerki – wyjaśnia komisarz.

Lasse i Maja przyglądają się Ulli, która porządkuje wystawę. Ustawia w oknie nowe ciasta i placki szybkimi, zdecydowanymi ruchami.

KASA
KAWA 15
HERBATA 10
CAFFE LATTE 25
ESPRESSO
POJEDYNCZE 15
PODWÓJNE 25
CAPPUCCINO 23
GORĄCA CZEKOLADA 20
Z BITĄ ŚMIETANĄ +5
SOK 10
NAPOJE GAZOWANE 15
59:00
CAFÉ M
FRYKASK MARCE-PANOWE

Najwyraźniej dokładnie wie, jak wystawa ma wyglądać.

– Przestań się mazać! – syczy przez ramię do Sary, która popłakuje za kasą. – Twój płacz nic nie pomoże. Zaraz przyjdzie Marcel i wtedy nie możesz pociągać nosem nad kawą.

Ulla i Sara nie za bardzo się dogadują, Lasse i Maja słyszą to wyraźnie. Zauważają jednak, że Ulla rozpogadza się nieco, kiedy mówi o Marcelu.

– A kto to jest Marcel? – pyta Maja.

– Marcel Epan jest właścicielem kawiarni – informuje komisarz.

– Ulla jest w nim chyba trochę zakochana – mówi Maja.

– Możliwe. Szczęśliwy człowiek – wzdycha komisarz i przygląda się Ulli, która z kieszeni fartucha wyjmuje niewielkie lusterko i szminkę.

Ulla spostrzega, że komisarz na nią patrzy, i uśmiecha się do niego.

Lasse i Maja widzą, że komisarz rumieni się i spuszcza wzrok.

– A czy to nie właściciel, Marcel Epan, przekazuje informacje złodziejowi? – zastanawia się Lasse.

– Nie, on nie – odpowiada komisarz. – Jego właściwie nigdy nie ma w kawiarni. To Ulla prawie wszystkim tu zawiaduje.

– Przepraszam, że to tak długo trwało – słyszą za plecami czyjś głos – ale to nie był zwyczajny poranek. Caffe latte dla pana, signor.

Wysoki szczupły mężczyzna pochyla się nad stolikiem i stawia przed komisarzem szklankę z gorącym jasnobrązowym napojem.

– Kafelate? – dziwi się Maja.

– Podwójne espresso, czyli mocna kawa, wymieszane z gorącym mlekiem –

informuje wysoki mężczyzna i powraca do swojego ekspresu do kawy.

– To Dino Panini – wyjaśnia komisarz. – Nikt w całym Valleby nie robi lepszej kawy od niego. Pochodzi z Włoch i naprawdę zna się na rzeczy. Ale kiedy wspomnisz przy nim o jego starej ojczyźnie, robi się natychmiast cichy i smutny. Jego matka jest chora i potrzebuje specjalistycznej opieki w szpitalu. „Mamma mia! Ciągle te pieniądze" – narzekał, kiedy go przesłuchiwałem.

– A więc jedyna osoba tutaj, która nie potrzebuje pieniędzy, to Sara Bernard, dziewczyna przy kasie – mówi Lasse.

– Ona też nie jest poza podejrzeniami – odpowiada komisarz. – Sara mówiła, że ma dość gadania matki i chce się wyprowadzić z domu. A samodzielne mieszkanie i urządzenie go kosztuje.

– Czyli każda z osób pracujących w kawiarni mogła współpracować z rabusiem – podsumowuje Maja.

– Całkiem słuszny wniosek – odpowiada komisarz. – Wszyscy troje bardzo potrzebują pieniędzy.

– W takim razie szukamy dwóch przestępców – mówi Lasse. – Tego, który przekazuje informacje z kawiarni, i oczywiście samego złodzieja.

– Co wiemy o złodzieju?

– Na to pytanie najlepiej odpowie Sara – mówi komisarz i kiwa na młodą dziewczynę, która w dalszym ciągu popłakuje przy kasie.

Rozdział 3

Mruganie okiem i machanie pałką

Sara opuszcza swoje miejsce przy kasie i podchodzi do stolika, przy którym siedzą Lasse, Maja i komisarz policji.

– Proszę usiąść – mówi komisarz i podaje jej chusteczkę do nosa.

Sara bierze chusteczkę i wyciera łzy.

– Czy może pani jeszcze raz opowiedzieć, co wie o złodzieju – prosi komisarz.

Sara ciężko wzdycha. Lasse i Maja widzą, że niechętnie opowiada o mężczyźnie, który ją obrabował.

– Tak jak mówiłam wcześniej, miał na głowie kominiarkę.

– Czyli czapkę z otworami na oczy, którą naciąga się na twarz – wyjaśnia komisarz.

Maja potakuje. I ona, i Lasse doskonale wiedzą, co to jest kominiarka.

– Cały był ubrany na czarno – mówi dalej Sara. – Podszedł do mnie do kasy i podstawił torbę, do której miałam włożyć pieniądze. W drugiej ręce miał policyjną pałkę. Popatrzyłam na Dina, a on skinął głową. No to włożyłam wszystkie pieniądze, jakie mieliśmy, do torby. Wtedy złodziej uciekł z kawiarni i zniknął tak szybko, jak się pojawił.

– Czyli Dino uważał, że powinna pani oddać pieniądze rabusiowi? – pyta Lasse.

CAFÉ

– W takich sytuacjach nigdy nie należy udawać bohatera – mówi poważnie komisarz.

– Czy mężczyzna nic nie powiedział podczas napadu? – pyta Maja.

– Ani słowa – odpowiada Sara. – Wymachiwał tylko pałką i podał torbę na pieniądze.

– Proszę się teraz skupić – mówi Lasse. – To bardzo ważne. Czy on zrobił coś, co wydało się pani dziwne? Coś, co panią zaskoczyło?

– Nie... – odpowiada Sara i kręci głową.

– Może poruszał się jakoś dziwnie? – pyta Maja, żeby pomóc Sarze sobie przypomnieć. – Miał jakiś znaczek na ubraniu? Zwróciła pani uwagę na coś szczególnego?

– Nie, nic takiego nie pamiętam –

mówi Sara. – Pamiętam tylko pałkę, worek i kominiarkę. Ale zaraz…

Lasse, Maja i komisarz pochylają się do Sary. Dino i Ulla zaciekawieni zerkają w ich stronę. Sara zniża głos do szeptu:

– Wydawało mi się, że puścił oko do Dina. Pamiętam, że kiedy opróżniałam kasę, przez chwilę wydawało mi się, że całe to zajście to tylko sen. Ale kiedy podniosłam wzrok, złodziej nadal stał przede mną, tylko że nie patrzył na mnie, a na Dina przy ekspresie do kawy!

– Aha – mówi komisarz. – Dziękujemy za pomoc. Może pani wracać do swoich zajęć.

Lasse, Maja i komisarz podnoszą się, żeby opuścić kawiarnię. Kiedy idą do drzwi, Dino Panini, Sara i Ulla Bernard patrzą za nimi niespokojnie.

– Fantastyczne ciastko – mówi z uznaniem komisarz do Ulli Bernard przed wyjściem na ulicę.

W drzwiach spotykają mężczyznę, który wyraźnie bardzo się spieszy.

– Przepraszam – mówi i przeciska się obok komisarza.

Komisarz odsuwa się i wyjaśnia Lassemu i Mai.

– To Marcel Epan.

– Stracił ostatnio dużo pieniędzy – mówi Maja.

Komisarz potakuje.

– Czy mogę? – mówi Lasse do komisarza i pokazuje na swój aparat.

Komisarz uśmiecha się i natychmiast staje przed drzwiami do Café Marcepan. Maja, szybka jak błyskawica, staje obok komisarza.

CAFÉ Marcepan
NAPOLE-
ONKI
IMBIRKI
EKLERY
MUFINKI
JAGODOWE

Lasse śmieje się z Mai i robi im zdjęcie. Potem stoją jeszcze wszyscy przez chwilę i przyglądają się wystawie kawiarni. Ulla ustawiła nowe ciastka i wystawa jest jeszcze bardziej kusząca niż przedtem.

Rozstają się z komisarzem i ruszają w kierunku biura detektywistycznego, które mieści się w piwnicy domu Mai.

Lasse chce obejrzeć w komputerze swoje zdjęcia, a Maja chce usiąść i pomyśleć o tym, czego dowiedzieli się w czasie wizyty w Café Marcepan.

ROZDZIAŁ 4

Pieniążki do kawy

Café Marcepan leży obok sklepu jubilerskiego Muhammeda Karata.

W sklepie pracuje sympatyczna Siv Leander, która sprzedaje pierścionki i naszyjniki.

Ale teraz stoi zasmucona przed sklepem.

– Dzień dobry – mówią Lasse i Maja.

Siv odkłania się, ale potem niespokojnie patrzy w górę i w dół ulicy Kościelnej.

– Czy coś się stało? – pyta Maja.

– To naprawdę straszne! – zaczyna Siv. – Przez wszystkie lata to ja odpowiadałam w naszym sklepie za przerwę na kawę. Pijemy kawę i herbatę w biurze u Muhammeda. Do mnie należy przygotowanie napojów i dopilnowanie, żebyśmy mieli coś słodkiego. Muhammed i Ture zwykle zamawiają drożdżówki, mnie wystarcza torebka pieniążków.

– Torebka czego? – dziwi się Lasse.

Siv patrzy na niego zaskoczona. Dociera do niej, że Lasse nie wie, że pieniążki to rodzaj kruchych ciastek. Tłumaczy to Lassemu i Mai i mówi:

ZŁOTO
DZIEŃ DOBRY!

– No bo jak by to wyglądało, gdybym codziennie jadła drożdżówkę? Nawet kobieta w moim wieku musi dbać o figurę.

Lasse i Maja przypominają sobie eleganckiego siwego mężczyznę, który przychodzi do Siv do sklepu.

– Ale teraz się boję – mówi zrozpaczona Siv.

– Czego się pani boi? – pyta Maja.

– Chodzić do Café Marcepan, oczywiście – odpowiada Siv. – Moja noga tam nie postanie, dopóki ten straszny rabuś grasuje po mieście.

Lasse i Maja zastanawiają się, czy Siv bardziej boi się rabusia, czy tego, że nie będzie mogła kupować drożdżówek i ciastek. Potem żegnają się i idą dalej przez miasto.

W biurze detektywistycznym Maja od razu siada w jednym z wygodnych foteli. Na kartce papieru zaczyna zapisywać, co wiedzą o napadach na Café Marcepan. Lasse uruchamia komputer i podłącza aparat.

– Na kawiarnię dokonano trzech napadów – zaczyna Maja. – Za każdym razem napastnik wybierał moment, kiedy w lokalu było dużo pieniędzy. Wiele wskazuje na to, że złodziej wie, kiedy uderzyć.

– Mhm – mruczy w odpowiedzi Lasse.

Ogląda zdjęcia Mai i komisarza zrobione przed Café Marcepan.

Teraz powiększa fotografie i przybliża się do monitora, żeby lepiej widzieć wszystkie szczegóły.

– To mogłoby znaczyć, że któryś z pracowników kawiarni przekazuje

informacje złodziejowi – mówi dalej Maja. – Podpowiada mu, kiedy ma uderzyć. Ale dlaczego ktoś z kawiarni miałby pomagać rabusiowi? Halo! Lasse! – woła Maja. – Dlaczego?

– On albo ona potrzebuje pieniędzy, to jasne – odpowiada Lasse. – Pewnie dzielą się łupem. Ale nie przeszkadzaj mi teraz, Maja. Coś dziwnego jest na tych zdjęciach – mówi Lasse.

Maja nie przejmuje się tym, że Lasse prosi, żeby mu nie przeszkadzać.

– Ulla Bernard piecze wszystkie ciasta i dba o wystawę. Wygląda na to, że często się kłócą z córką. Może dlatego, że Ulla nie czuje się dobrze w tej pracy. Chce się przecież wyprowadzić z Valleby i otworzyć własną kawiarnię w dużym mieście. Potrzebuje na to pieniędzy. Dlatego to ona mogłaby współpracować z napastnikiem.

– No nie! – woła Lasse i cofa się do pierwszego zdjęcia, które zrobił, zanim razem z Mają weszli do kawiarni.

– Sara, córka Ulli – mówi dalej Maja – wie najlepiej, ile pieniędzy jest w kawiarni, bo jest kasjerką. Ma dość gadania swojej

mamy. Chce się wyprowadzić z domu i potrzebuje pieniędzy. Równie dobrze to Sara mogłaby mówić napastnikowi, kiedy ma uderzyć.

– Wystawa! – mówi Lasse. – Chyba zaczynam rozumieć.

– Dino Panini, kawowy ekspert z Włoch – kontynuuje Maja. – Potrzebuje pieniędzy dla swojej chorej matki w Wenecji. Czy złodziej puścił do niego oko? Czy to Dino współpracuje z rabusiem? Bo dlaczego złodziej miałby do niego puszczać oko? Ale z drugiej strony złodziejowi mogło być gorąco w kominiarce i po oczach ściekał mu pot. I w jaki sposób złodziej dowiaduje się, że w kawiarni są pieniądze?

– Maja! – mówi nagle Lasse. – Chodź tutaj i zobacz! Chyba coś znalazłem! To wygląda jak rebus!

Lasse pokazuje na wystawę na monitorze komputera.

Rozdział 5

Rebusy na wystawie

Maja podnosi się z fotela i podchodzi do Lassego. Oglądają pierwsze zdjęcie, zrobione zanim weszli do kawiarni.

– Ha, ha – śmieje się Maja. – Wyglądam jak prawdziwa fotomodelka, prawda?

– Lepiej przyjrzyj się wystawie!

– Ciasta i ciastka – mówi Maja, nie rozumiejąc, co takiego ciekawego jest na zdjęciu.

– Jakie ciasta, jakie ciastka? – pyta Lasse i powiększa obraz.

Maja czyta podpisy umieszczone na wystawie:

– *Tort truskawkowy*, *Andruty*, *Kardamonki* i taca z jakimiś ciastkami...

Wzdycha, nie rozumiejąc, o co chodzi Lassemu.

– To są przecież zwykłe ciasta i ciastka – mówi.

– Weź pierwszą literę z każdej nazwy: *Tort*, *Andruty*, *Kardamonki* – mówi Lasse.

– To będzie T, A i K – odpowiada Maja.

– Co jeszcze jest na wystawie? – pyta Lasse.

– Taca z ciastkami – odpowiada Maja.

– Pomyśl, Maja – mówi Lasse. – Co z tego powstaje? Jestem pewny, że to rebus.

– Jak to rebus? – zastanawia się Maja.

– Zabawa słowami. Bierze się pierwszą literę i zestawia z pierwszymi literami następnych wyrazów i tak powstaje informacja. Informacja dla złodzieja! Jaka to będzie informacja, Maja?

– T + A + K, to będzie TAK CIASTKA – mówi niepewnie Maja.

– Ale nie byle jakie ciastka – mówi podniecony Lasse. – Pomyśl o Siv Leander.

– Siv Leander? Zwariowałeś? Chyba nie myślisz, że to Siv Leander jest rabusiem?

– Nie bądź głupia, Maja – odpowiada Lasse. – Co Siv lubi jeść do kawy?

– Jakieś kruche ciasteczka – odpowiada Maja.

A potem do niej dociera.

– Lasse! Jesteś geniuszem! Siv Leander zwykle je do kawy pieniążki. Muhammed i Ture jedzą drożdżówki, a Siv kruche ciastka, które nazywają się pieniążki.

– Czyli informacja umieszczona w oknie wystawowym brzmi:
TAK PIENIĄŻKI – mówi dumnie Lasse. – Złodziej wie, że teraz w kawiarni jest dużo pieniędzy. A popatrz tutaj – pokazuje następne zdjęcie. – Pamiętasz, co robili pracownicy kawiarni, kiedy rozmawialiśmy z komisarzem?

– Dino podawał kawę, Sara stała przy kasie i płakała, a Ulla robiła porządek na wystawie… – mówi Maja.

– No właśnie! – woła Lasse i pokazuje znowu na monitor komputera. – Jak wyglądała wystawa, kiedy opuszczaliśmy Café Marcepan?

Maja pochyla się nad monitorem i czyta podpisy przy ciastkach:

– *Napoleonki*, *Imbirki*, *Eklery* i taca z ciastkami, to znaczy z pieniążkami – poprawia się Maja. – Czyli N + I + E. NIE PIENIĄŻKI!

– To znaczy, że to Ulla przy pomocy wystawy zawiadamia złodzieja, kiedy ma napaść na kawiarnię – mówi Lasse.

– Lasse, chodź, musimy się pospieszyć! Biegniemy na komisariat policji!

Rozdział 6

Jak gdyby nigdy nic

Coś takiego! – komisarz jest pod wrażeniem podejrzeń Lassego i Mai. – Jestem pewien, że wpadliście na ważny trop. To oznacza przecież, że jeżeli przestawimy coś na wystawie, możemy zwabić napastnika.

– No właśnie – mówi Maja. – A kiedy go złapiemy, na pewno dowiemy się, dlaczego Ulla Bernard mu pomaga.

– Zrobimy tak – mówi komisarz policji do Lassego i Mai.

Przez chwilę siedzą wszyscy troje przy biurku komisarza i planują zasadzkę.

Dyplom
KOMISARZ POLICJI
w Valleby
FRYKASKI MARCE-PANOWE
POSZU-KIWANI
RA-BUN-KI
ZAGI-NIENI
ZGUBY
BROŃ SŁUŻBOWA
POSZUKI-WANY:
DZWOŃ 0707-4232
KRA-DZIEŻE
1
2
3
4

W końcu wszystko jest gotowe i wyruszają do Café Marcepan.

Kiedy przechodzą obok sklepu jubilerskiego Muhammeda Karata, komisarz otwiera drzwi i woła do Siv Leander:

– Droga pani, już wkrótce będzie pani mogła spokojnie chodzić po ulicach.

Siv Leander patrzy zdziwiona na komisarza, Lassego i Maję idących w kierunku kawiarni. W środku Café Marcepan komisarz prosi wszystkich pracowników, żeby zebrali się na zapleczu na przesłuchanie. Lasse i Maja rozglądają się po kawiarni.

Kiedy widzą, że są sami, ruszają do pracy. Zdejmują z wystawy *Napoleonki*, *Imbirki* i *Eklery*, a zamiast nich ustawiają *Tort truskawkowy*, *Andruty* i *Kardamonki*.

– TAK PIENIĄŻKI – czyta zadowolona Maja. – Pozostaje nam tylko czekać.

W tym momencie z zaplecza wychodzą komisarz, Sara, Dino i Ulla. Lasse i Maja dają komisarzowi znak, że wszystko jest gotowe.

Komisarz bierze Sarę na bok i mówi coś do niej szeptem. Słyszą, jak Sara pyta:

– Kiedy mam zemdleć?

– Dokładnie w momencie, w którym otworzy pani szufladę kasy – szepcze komisarz.

Lasse i Maja widzą, że Ulla niespokojnie kręci się w pobliżu wystawy, ale komisarz nie daje jej czasu na zmianę czegokolwiek.

– Zajmujemy swoje miejsca – mówi i klaszcze w dłonie.

Lasse i Maja zamawiają ciastka i siadają przy stoliku koło wystawy.

Dino wraca do ekspresu do kawy, a Ulla przestawia ciastka i placki na ladzie. Sara staje na swoim zwykłym miejscu przy kasie. Na koniec komisarz policji kuca w kasie u nóg Sary.

– Zaczynamy, zachowujcie się jak gdyby nigdy nic! – mówi z dołu.

Personel zajmuje się swoimi obowiązkami, a Lasse i Maja jedzą ciastka.

Komisarz poinformował Dina, Sarę i Ullę, że dostał cynk. Ktoś zadzwonił do niego i powiedział, że złodziej znowu uderzy.

– Ale... – odezwała się wtedy Ulla, lecz zaraz ucichła.

Lasse i Maja zastanawiają się, czy mieli rację. Może to tylko przypadek, że ciastka zostały tak ustawione na wystawie.

KAWA
KAWA

Ale teraz pułapka jest zastawiona
i mogą tylko czekać i patrzeć.
Wszyscy z napięciem obserwują
drzwi. Złodziej może się pojawić
w każdej chwili!
I wtedy drzwi się otwierają!

Rozdział 7

Zemdlona kasjerka

Przez otwarte drzwi wchodzi... Roland Svensson! Kościelny z Valleby! Ma czerwony nos, a szyję obwiązaną grubym szalikiem. Dino, Sara i Ulla oddychają z ulgą.

Roland Svensson pociąga nosem i kicha.

– Na zdrowie – mówi Maja.

Kościelny dostrzega Lassego i Maję i uśmiecha się. Potem pokazuje na swoje gardło. Lasse i Maja rozumieją, że boli go gardło i nie może mówić.

Roland Svensson podchodzi do lady. Długo się zastanawia. W końcu decyduje się i pokazuje na truflę marcepanową i słodką bułeczkę.

Ulla wkłada truflę i bułeczkę do papierowej torby i przekazuje ją Sarze do kasy.

Roland Svensson podaje Sarze banknot, a ona otwiera kasę.

I wtedy dzieje się coś nieoczekiwanego!

Sara potyka się, ale zaraz odzyskuje równowagę. Za chwilę znowu prawie się wywraca. Co się dzieje?

No tak, to komisarz ciągnie ją za ubranie! Myśli, że w kawiarni jest złodziej i zastanawia się, czemu Sara nie mdleje, tak jak się umawiali. Ale Sarze udaje się utrzymać na nogach, dopóki Roland Svensson nie zniknie za drzwiami, mimo że komisarz szarpie ją i ciągnie.

– Co pan robi? – złości się Sara.

– Dlaczego pani nie mdleje, tak jak się umawialiśmy? – pieni się komisarz, nadal siedząc na podłodze.

– No bo to nie był... – zaczyna Sara, ale nie kończy, bo drzwi do kawiarni znowu się otwierają. I teraz wchodzi...

Tak, tym razem nie ma wątpliwości, kto to jest. Złodziej powrócił!

Jak niebezpieczne dzikie zwierzę został zwabiony w zasadzkę, choć jeszcze nie wie, co mu grozi. Zatrzymuje się i rozgląda po kawiarni. W otworach kominiarki widać jego rozbiegane oczy. Nagle dostrzega Lassego i Maję siedzących obok wystawy. Robi krok w ich kierunku!

Ale kiedy widzi, że to tylko dwoje dzieci, kładzie palec na ustach, żeby byli cicho. Sam nie wydaje żadnego dźwięku.

Czemu on nic nie mówi? – zastanawia się Maja. Albo boli go gardło, tak jak Rolanda Svenssona, albo, co najbardziej prawdopodobne, boi się, że głos go zdradzi. Gdyby zaczął mówić, ktoś mógłby go rozpoznać.

Napastnik podchodzi do kasy. Za ladą stoi Ulla i ostrożnie kręci głową. Wygląda to tak, jakby chciała dać znać złodziejowi, że to pułapka.

Ale złodziej jej nie widzi. Patrzy za to na Dina Paniniego, który stoi obok ekspresu do kawy z otwartą buzią.

Tylko jeśli to Ulla pomaga złodziejowi, zastanawia się Lasse, to dlaczego on patrzy na Dina?

Przy kasie złodziej wyjmuje torbę na pieniądze. Sara patrzy przerażona na groźnego mężczyznę, po czym naciska guzik otwierający kasę. Szuflada z banknotami i bilonem wysuwa się. Sara podnosi ręce i krzyczy:

– Aaaa! – i upada na podłogę za kasą.

Złodziej patrzy zaskoczony na zemdloną kasjerkę. Co ma teraz zrobić? Nie może wyjąć pieniędzy, bo w ręce trzyma pałkę.

Odkłada pałkę na ladę. W ten sposób ma wolne obie ręce. Pochyla się, żeby wyjąć pieniądze z kasy i włożyć je do torby.

I wtedy zostaje unieruchomiony w żelaznym uścisku!

Ręce komisarza wyskakują spod kasy i chwytają złodzieja za nadgarstki. W mgnieniu oka zaciskają się kajdanki i złodziej zostaje unieszkodliwiony. Komisarz przypina kajdanki do kasy. Rabuś szarpie się i wyrywa, ale nie może się ruszyć z miejsca.

Wtedy komisarz wychodzi zza lady, żeby zdjąć złodziejowi kominiarkę.

Teraz rabuś zostanie zdemaskowany!

Rozdział 8

Włoska czekoladka

Złodziej usiłuje się wyrwać,
żeby do końca utrzymać
w tajemnicy to, kim jest,

ale komisarzowi udaje się dosięgnąć kominiarki i ściągnąć ją z głowy rabusia. Okazuje się, że pod kominiarką ukrywa się…

– Marcel Epan! – wykrzykuje zaskoczony komisarz.

– Co? – wołają równocześnie Dino i Sara.

– Okrada pan własną kawiarnię? – dziwi się Maja.

– Zdrajczyni! – syczy Marcel Epan do Ulli Bernard. – Na wystawie był sygnał, że mam wolną drogę. Zwabiłaś mnie prosto w zasadzkę.

– Przysięgam, kochany Marcelu – mówi Ulla i zaczyna płakać – to nie ja. To dzieci…

– Kochaaany Marcelu – przedrzeźnia Ullę komisarz. – To tak się sprawy mają? Miłosna historia. Jakie to rozczulające! Ulla przygotowywała wystawę tak, żeby jej kochaaany Marcel mógł wparować do kawiarni i śmiertelnie przestraszyć nieszczęsnych pracowników. Patrzcie tylko, to dopiero zakochana para! Do diaska, co za łajdaki!

Komisarz kręci głową.

– To nie tak jak myślicie – mówi Marcel. – Nie kocham Ulli. Ona pomaga mi tylko wydostać nieopodatkowane pieniądze z mojej firmy.

– Nieopodatkowane pieniądze? – nie rozumie komisarz.

– Tak. Od wszystkich zarobionych pieniędzy trzeba płacić podatek – tłumaczy Marcel. – Ale nie płaci się go od pieniędzy, które znikają, prawda?

– A więc ty mnie tylko wykorzystywałeś! – krzyczy Ulla Bernard. – Mówiłeś, że przeprowadzimy się do dużego miasta i że będę mieć własną kawiarnię.

– Marcel, a po co ci te pieniądze? – pyta Sara. Teraz jest naprawdę wściekła na swoją mamę i swojego szefa, którzy narazili ją na to wszystko.

– Chcę zacząć nowe życie – mówi Marcel. – Oczywiście, że chcę się przeprowadzić, ale nie do dużego miasta, i oczywiście, że jestem zakochany w kimś tutaj w kawiarni, ale nie w Ulli.

Wszyscy obserwują Sarę, która rozgląda się dookoła, nic nie rozumiejąc. Ulla aż gotuje się z wściekłości.

– Ach tak! – krzyczy. – Szanowny pan Epan gustuje w młodszych dziewczętach! Mnie wykorzystywał, ale tak naprawdę chodziło mu o moją córkę. Zgadzam się z komisarzem, jesteś łajdakiem, Marcel.

– Sara jest naprawdę ładna i miła, ale nie może się równać z moją włoską czekoladką – mówi Marcel i zwraca się do Dina Paniniego!

Dino robi krok w tył i podnosi ręce do góry. Zdaje się, że mocne uczucie Marcela Epana zaskoczyło również jego.

– Aha! – woła Lasse. – Teraz rozumiem, dlaczego złodziej puszczał oko do Dina.

– To już nieważne – mówi komisarz i spina kajdankami Marcela Epana i Ullę Bernard. – Teraz ruszamy do aresztu.

Kiedy komisarz wyprowadza Ullę i Marcela, Lasse i Maja zostają jeszcze przez chwilę w kawiarni.

– Może po filiżance czekolady i świeżej drożdżówce? – proponuje Dino. – Żeby uczcić zakończenie sprawy. Nic nie koi nerwów lepiej niż gorąca czekolada.

Lasse i Maja sięgają do kieszeni.

– Nie wzięliśmy pieniędzy z tego pośpiechu – mówi Maja.

– Kawiarnia Panini & Bernard zaprasza – mówi Sara. – Dopóki Dino i ja tu pracujemy, możecie wpadać na coś słodkiego, kiedy tylko chcecie. Gratis! Jesteśmy wdzięczni, że pomogliście nam wybrnąć z tej okropnej sytuacji. Dobrze, że to wszystko już za nami.

Lasse i Maja zostają jeszcze przez dobrą chwilę i rozmawiają z Dinem i Sarą o wszystkim, co się zdarzyło.

Następnego dnia Siv Leander i inni mieszkańcy miasteczka Valleby mogą przeczytać w gazecie:

Kolejny sukces
Biura
Detektywistycznego
Lassego i Mai

Młodzi detektywi Lasse i Maja znowu pomogli policji w rozwiązaniu bardzo skomplikowanej sprawy.

Na Café Marcepan dokonano kilku napadów. Okazało się, że jedna z zatrudnionych tam osób, odpowiednio aranżując wystawę, dawała znaki złodziejowi, który następnie napadał na lokal i kradł duże sumy pieniędzy.

Lasse i Maja kierują szczególne podziękowania do Siv Leander, ekspedientki w sklepie jubilerskim Muhammeda Karata, bez której pomocy nie rozwiązaliby tej zagadki.

Komisarz policji informuje, że zatrzymany Marcel Epan, właściciel kawiarni, w ciągu najbliższych lat na własnej skórze przekona się, na co wykorzystywane są pieniądze z podatków.

(GV)

Biuro Detektywistyczne Lassego i Mai

Lasse i Maja wyjaśniają wiele niezwykłych tajemnic. Oto książki, w których możesz o nich przeczytać:

A już niebawem kolejne tajemnice…

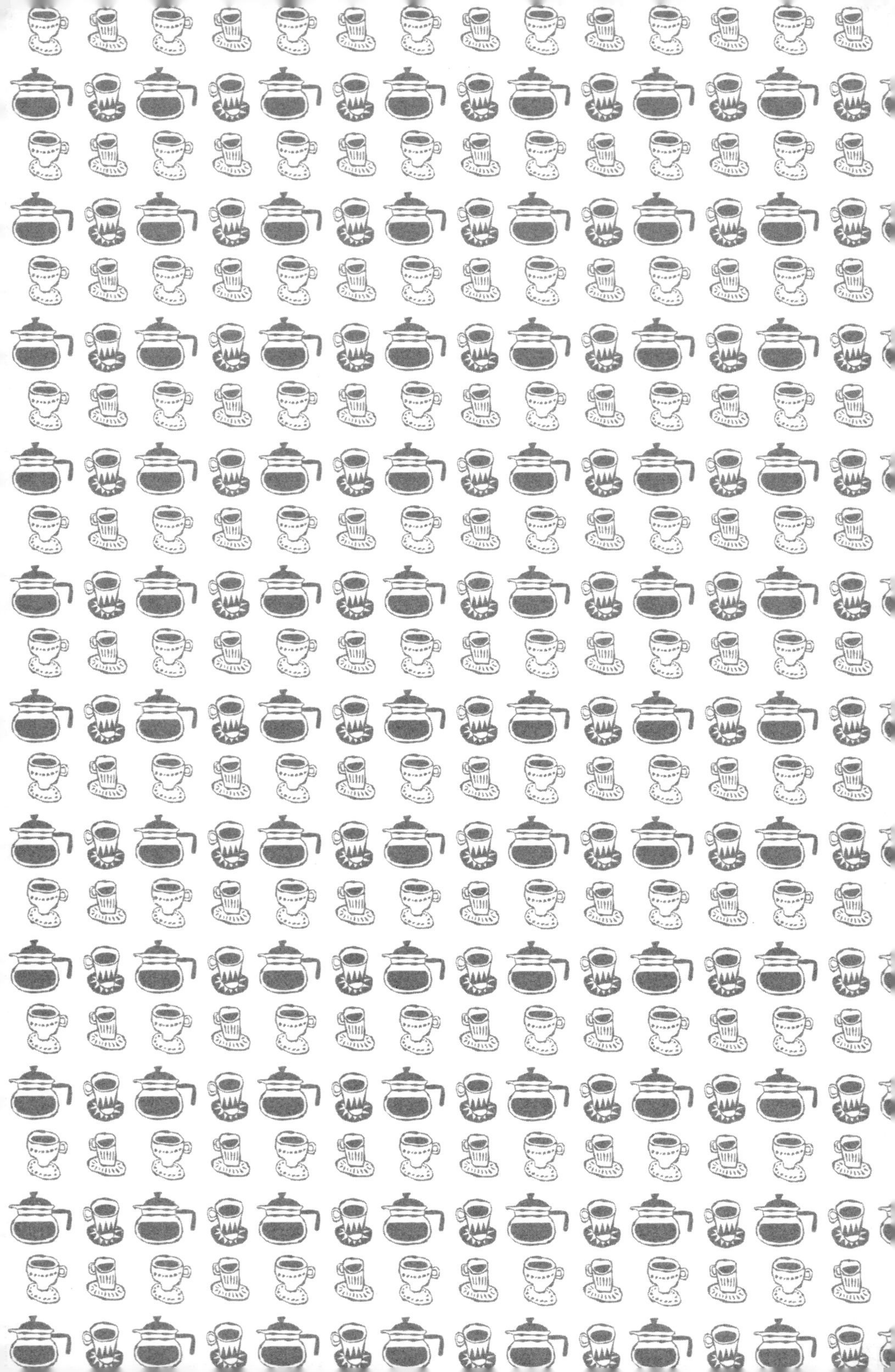